Mes histoires préférées

Disney
PRINCESSE n°2

PRESSES AVENTURE

© 2006, 2007, 2011 par Disney Enterprises, Inc. Tous droits réservés.

Histoires publiées pour la première fois en langue française sous les titres :
Un poney pour une princesse (2006), *Un ami pour une princesse* (2007)
et *La promesse d'un baiser* (2007).

Publié par Presses Aventure, une division de
Les Publications Modus Vivendi inc.
55, rue Jean-Talon Ouest, 2ᵉ étage
Montréal (Québec) H2R 2W8
CANADA

Publiés pour la première fois en version originale anglaise par Random House
sous les titres : *A Poney for a Princess* (2006), *A Pet for a Princess* (2007)
et *Sealed with a Kiss* (2007).

Dépôt légal — Bibliothèque et Archives nationales du Québec, 2011
Dépôt légal — Bibliothèque et Archives Canada, 2011

ISBN 978-2-89660-352-7

Tous droits réservés. Aucune section de cet ouvrage ne peut être reproduite,
mémorisée dans un système central ou transmise de quelque manière que ce soit
ou par quelque procédé électronique, mécanique, de photocopie, d'enregistrement
ou autre sans la permission écrite de l'éditeur.

Nous reconnaissons l'aide financière du gouvernement du Canada par l'entremise du
Fonds du livre du Canada pour nos activités d'édition.

Gouvernement du Québec – Programme de crédit d'impôt pour l'édition de livres —
Gestion SODEC

Imprimé en Chine

Table des matières

Un poney
pour
une princesse

Écrit par Andrea Posner-Sanchez
Illustré par Francesc Mateu

Traduit de l'anglais par Catherine Girard-Audet

Belle choisit un livre dans la bibliothèque du château.

Puis, elle regarde par
la fenêtre. Le soleil brille.
« Je pense que je vais aller
lire dehors aujourd'hui »,
dit-elle.

Belle sort du château.

Elle passe devant la grange.

Il y a une grosse botte

de foin à côté de la grange.

Elle passe à côté du pommier. Un grand panier rempli de pommes se trouve sous l'arbre.

Belle s'assoit pour lire.

Belle lit pendant un bon moment. Elle a bientôt faim.

Belle dépose son livre.

Elle retourne au château

pour se préparer à déjeuner.

Belle met un sandwich,
de la limonade et des morceaux
de sucre dans un panier
à pique-nique.

« Et je cueillerai une pomme pour le dessert », dit-elle.

Belle retourne à l'extérieur.

Elle passe devant la grange.

Le foin a disparu !

« Comme c'est étrange »,

dit Belle.

Elle passe à côté

du pommier.

Le panier est vide !

18

« Qui peut bien avoir

mangé toutes les pommes ? »

se demande Belle.

Belle regarde d'un côté.

Puis elle regarde de l'autre côté.

Elle aperçoit alors quelque
chose derrière un buisson.
Il s'agit d'un poney sauvage !

Belle s'approche.

Mais le poney prend peur.

Il s'enfuit d'un côté…

Puis, il part de l'autre côté.

Le poney ne veut pas

s'approcher de Belle.

Belle a une idée.

Elle sort les morceaux

de sucre du panier

à pique-nique.

Elle les place en rang

sur l'herbe.

Puis, elle recule.

Le poney mange un morceau
de sucre.

Puis, il en mange un autre.

Puis, un autre.

Le poney s'approche

bientôt jusqu'à Belle !

Belle lui tend le dernier
morceau de sucre.
Le poney le mange
directement dans sa main !

Elle tend la main pour flatter

le doux museau du poney.

Belle est contente.

Elle guide le joli poney

vers la grange.

La princesse et le poney
deviennent bientôt
de grands amis.

Un ami pour une princesse

Écrit par Melissa Lagonegro

Illustré par Atelier Philippe Harchy

Traduit de l'anglais par Catherine Girard-Audet

Jasmine est triste et seule.

Il lui faut un ami.

« Ma chérie, dit son père.

Je veux te savoir

heureuse. »

Le jour suivant,
il offre un gros
cadeau à Jasmine.
« Ouvre-le », dit-il.

Jasmine soulève

le drap rouge.

C'est un bébé tigre !

« Tu t'appelleras Rajah »,

dit Jasmine.

Elle est très contente.

Jasmine et Rajah
s'entendent très bien.

Ils profitent du soleil.

Ils observent

les papillons.

Ils jouent à toutes
sortes de jeux.

Jasmine prend grand soin
de Rajah.

Elle le nourrit.

Elle le brosse.

Elle l'aime beaucoup.

Jasmine adore gratter son ventre poilu. Rajah ronronne de bonheur !

Ronron !

La princesse protège
Rajah.

Tous les deux aiment
se déguiser.

Jasmine prépare un petit
lit douillet pour Rajah.
Le soir, ils s'endorment
très vite.

Mais bientôt,

Rajah se met à grandir…

… et grandir…

... et grandir !

Rajah devient un tigre <u>très</u> grand et <u>très</u> fort !

C'est maintenant Rajah
qui protège Jasmine.

Rajah est trop grand
pour se déguiser.

Il est trop grand pour
se coucher dans son
confortable petit lit.

Mais il n'est pas trop
grand pour se faire
gratter le ventre…

... ou pour recevoir un câlin !

La promesse d'un baiser

Écrit par Melissa Lagonegro
Illustré par Elisa Marrucchi

Traduit de l'anglais par Catherine Girard-Audet

Ariel et Polochon adorent jouer à cache-cache sous la mer.

Ils aiment jouer avec bébé phoque. Ariel montre l'endroit où bébé phoque peut se trouver.

Les deux amis nagent
à sa rencontre.

Ils trouvent bébé phoque !

Il est assis sur un rocher.

Il a très envie de jouer

à cache-cache.

« Un, deux, trois... »,
commence à compter
Ariel. Les autres se
cachent.

« Prêts, pas prêts,
j'y vais », dit-elle.

Ariel regarde parmi
les algues.
Elle cherche dans
les plantes marines.

« Je te tiens ! »

s'écrie Ariel.

Elle a trouvé Polochon !

Ariel doit maintenant trouver bébé phoque.

Où peut-il bien être ?

Elle regarde à l'intérieur
d'un coffre.
Il y a beaucoup de choses,
mais aucune trace de bébé
phoque.

Ariel regarde sous
un rocher. Elle voit
un poisson-globe,
mais aucune trace
de bébé phoque.

Ariel entend de la musique.
Elle voit des poissons qui
dansent et qui chantent,
mais aucune trace
de bébé phoque !

Ariel retourne
au rocher.

Elle aperçoit Eurêka,
mais aucune trace de
bébé phoque !

Couic ! Couic !

« Quel est ce bruit ? »
demande Ariel.

Les deux amis nagent

pour le découvrir.

Oh ! C'est bébé phoque !

Il est prisonnier !

Sa queue est coincée dans

le coquillage géant.

Ariel tente d'ouvrir
le coquillage.
Elle le soulève !
Elle le tire !

Elle réussit !
Ariel libère
bébé phoque !

Ariel est ravie d'avoir
trouvé bébé phoque,
et bébé phoque est <u>très</u>
content d'avoir été sauvé.

Ariel fait un
gros câlin à
son ami.

Et elle lui donne
un baiser !